A
PRINCESA
do
TUDO
E
NADA

Lurinha

Copyright © 2025 por Simone Ranieri. Todos os direitos reservados.

Gerentes Editoriais
Roger Conovalov
Aline Assone Conovalov

Gerente Comercial
Eduardo Carvalho

Coordenador Editorial
André Barbosa

Revisão
Gabriela Peres

Capa e Diagramação
Lura Editorial

Ilustração
Ananda Ferreira

Todos os direitos reservados. Impresso no Brasil.
Nenhuma parte deste livro pode ser utilizada, reproduzida ou armazenada em qualquer forma ou meio, seja mecânico ou eletrônico, fotocópia, gravação etc., sem a permissão por escrito da editora.

DADOS INTERNACIONAIS DE CATALOGAÇÃO NA PUBLICAÇÃO (CIP)
(Câmara Brasileira do Livro, SP, Brasil)

Ranieri, Simone
A princesa do Tudo e Nada / Simone Ranieri. -- 1. ed.
São Caetano do Sul, SP : Lura Editorial, 2025.

16 p.; 21x21 cm

ISBN: 978-65-5478-226-5

1. Literatura infantojuvenil. I. Simone Ranieri. II. Título.

CDD: 028.5

Índice para catálogo sistemático
1. Literatura infantojuvenil

[2025] Lura Editorial
Alameda Terracota, 215, sala 905, Cerâmica – 09531-190 – São Caetano do Sul –SP – Brasil
www.luraeditorial.com.br

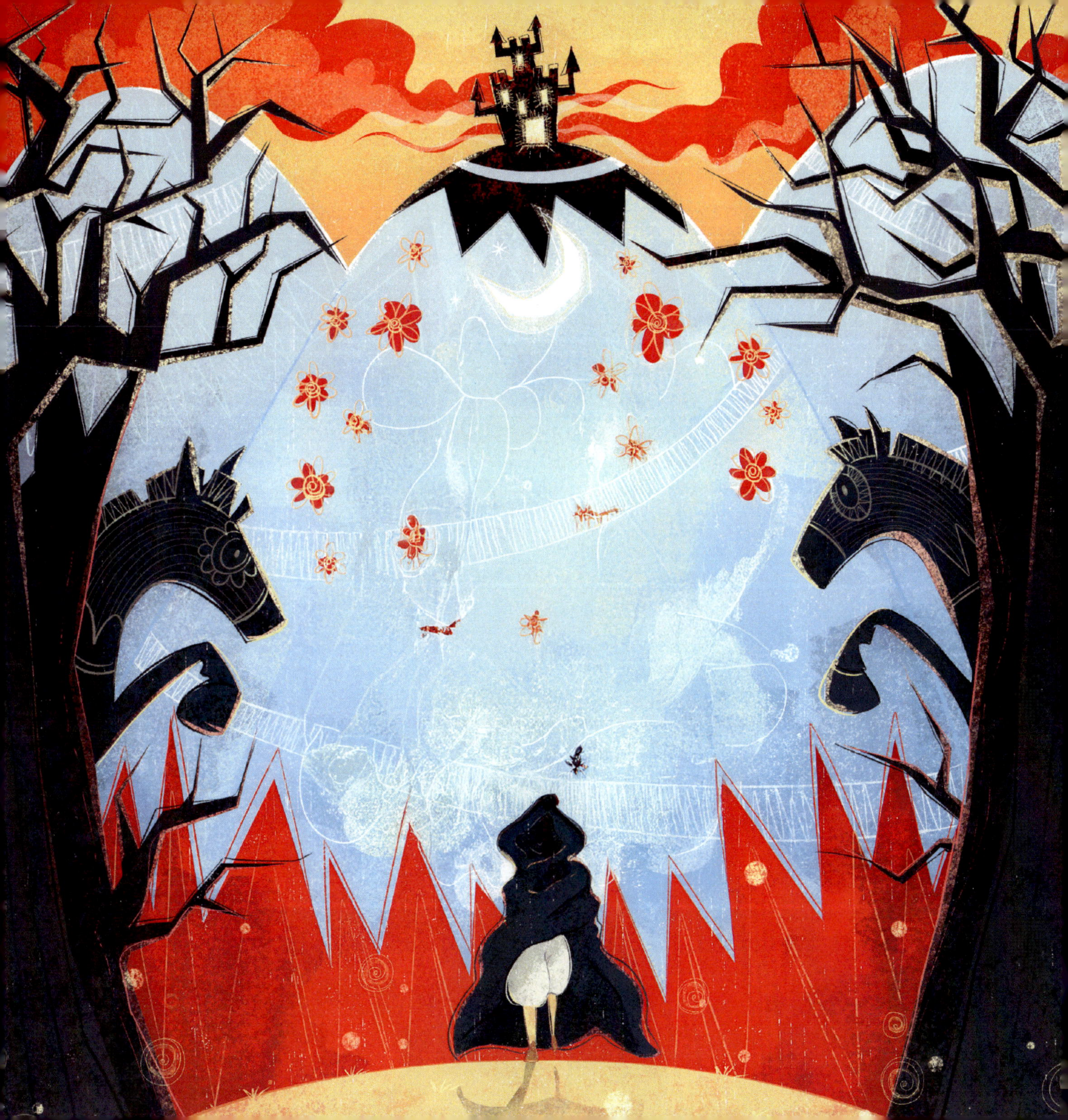

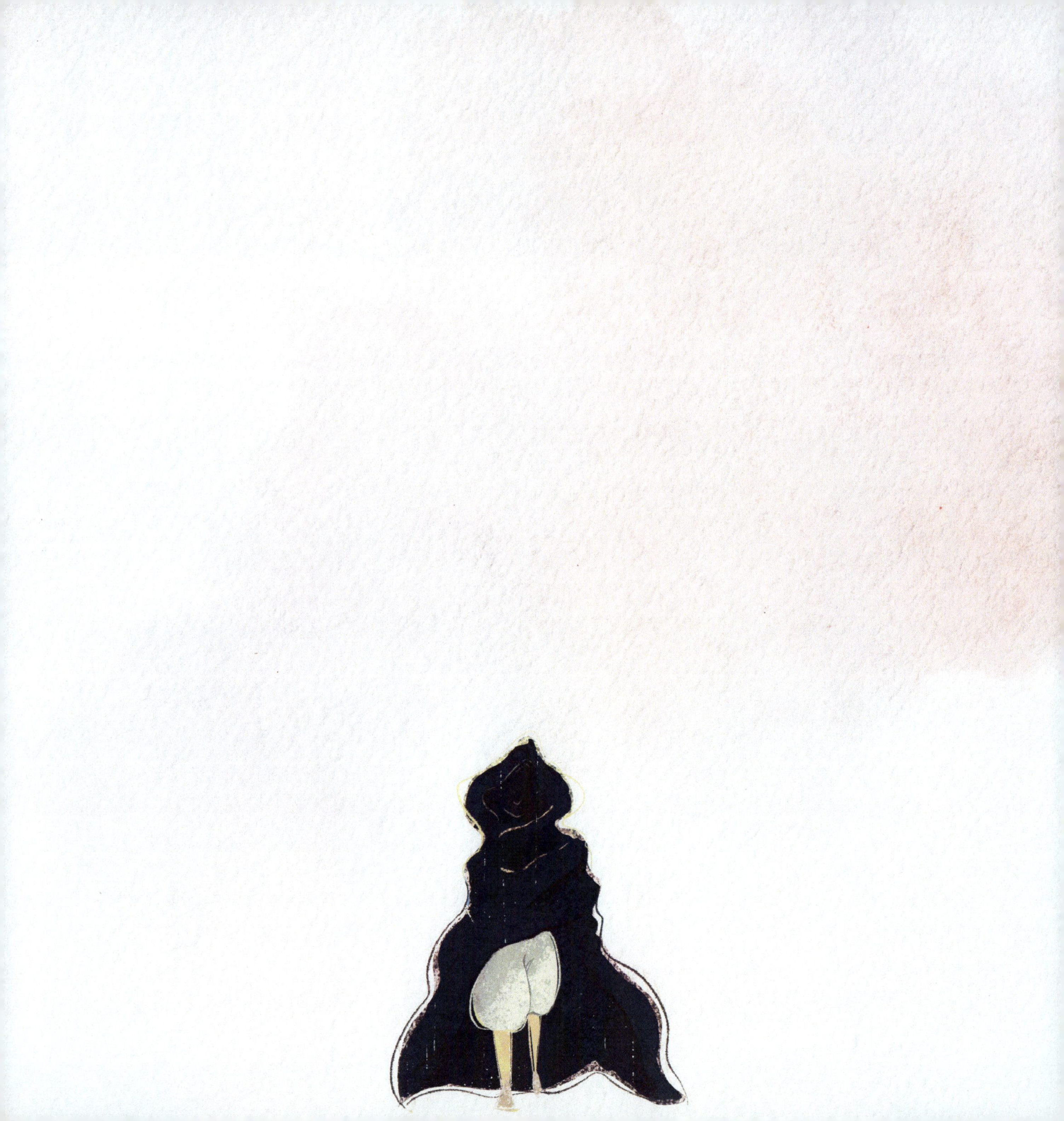

Era uma vez um reino muito distante, onde vivia uma rainha com sua única filha. Naquele reino, não se via o tempo passar. A princesa, muito sonhadora, ali se sentia muito feliz. Nada a entediava, nem lhe trazia tristeza.

Mas chegou o dia em que a rainha anunciou que era a hora da amada filha preparar sua viagem, pois o tempo já dava sinais de sua chegada. A princesa ficou bem preocupada e perguntou à mãe o que deveria fazer. A rainha, então, a instruiu a tecer uma forte armadura para que a moça sempre se sentisse protegida. A princesa assim o fez. Porém, se distraiu um pouco da sua tarefa, pois, enquanto a fazia, viu passar um festejo muito alegre e, como amava dançar, não viu nenhum problema em se juntar aos brincantes. A rainha, percebendo a distração da filha, alertou:

— Termine a armadura e prepare sua espada, pois o tempo vem a galope. Assim anunciaram os batedores do reino.

A princesa se pôs a terminar a armadura e, assim que o fez, já ia iniciando a forja da espada. Porém, se distraiu um pouco da sua tarefa, pois, enquanto a fazia, viu passar muitas meninas carregando belíssimas flores e, como amava se enfeitar, não viu nenhum problema em se juntar às jardineirinhas. A rainha, percebendo novamente a distração da filha, alertou:

— Termine a sua espada e prepare sua capa, pois o tempo já está a seu encalço. Eu mesma já posso vê-lo.

A princesa se pôs a terminar a forja da espada e já ia iniciando o preparo de sua capa. Porém, se distraiu um pouco da sua tarefa, pois, enquanto a fazia, viu passar um desfile de belos cavalos de crinas enfeitadas e, como amava cavalgar, não viu nenhum problema em se juntar ao tropel. A rainha, percebendo novamente a distração da filha, anunciou:

— Termine de uma vez por todas a sua capa e prepare seus sapatos, pois o tempo em breve estará à nossa porta. Já posso sentir sua presença.

A princesa correu a costurar sua capa e já ia iniciando a confecção de seu sapato. Porém, se distraiu um pouco da sua tarefa, pois, enquanto a fazia, viu passar um bando de menestréis e, como amava cantar, não viu nenhum problema em se juntar à trupe. A rainha, àquela altura, já estava bem desesperada e, percebendo a distração da filha, gritou:

— Fuja, minha filha! Vá o mais rápido que puder, pois o tempo aqui está e pode alcançá-la a qualquer momento!

A princesa, então, se pôs a correr. Mas, percebendo que não tinha sapatos, voltou-se para a mãe e disse:

— Não posso seguir assim, querida mãe! O que devo fazer?

A rainha, então, compadecida da filha, abriu um baú repleto de seus próprios sapatos e disse:

— Filha, pegue um destes sapatos e siga sua viagem o mais rápido possível!

A princesa experimentou alguns sapatos, mas nenhum lhe caía bem.

— Mamãe, está claro que não me servirão...

Porém, a rainha lhe ofereceu um par de sapatos bem velhos e surrados, dizendo:

— Este pode não ser perfeito e já foi bastante usado por mim, mas certamente lhe dará conforto e segurança na sua jornada.

A princesa, então, calçou os sapatos da rainha e partiu imediatamente. Andou, andou e andou, sempre atenta a qualquer sinal do tempo. Como nada ouvia e estava exausta e faminta, resolveu parar à beira da estrada. Foi quando apareceu uma velha muito velha com um cesto de frutas na mão.

— Estás com fome, menina? Estás perdida?

4

A princesa respondeu que sim e a velha continuou:

— Te dou um punhado das minhas frutas e posso te oferecer abrigo. Mas em troca você tem que me dar essa sua capa.

A princesa não viu alternativa a não ser dar a capa à velha. Ao menos não pediu os sapatos de minha mãe, pensou. Isso seria terrível, pois, sem eles, não posso caminhar.

A velha a conduziu até uma floresta, onde havia uma pequena casa com cama, chá quente e tudo o mais que a princesa pudesse desejar para a sua segurança. A velha disse que a moça ali ficasse o quanto desejasse, mas que dali não saísse, pois o tempo rondava aquela floresta e ela já o tinha visto muito bem. Ainda lhe disse que, caso a moça dela precisasse, era só bater com os pés três vezes no chão, que ela a encontraria.

A princesa agradeceu o pouso e ali adormeceu. No dia seguinte, encontrou a casa ainda mais abastecida e quente. Havia frutas de todos os tipos, além de pães, leite e mel, água para banho e roupas limpas. E, como a velha não aparecia, resolveu ficar por ali. A cada dia a casa se enchia como por encanto de mais comida, mais água para banho e roupas bem limpinhas. Tudo havia naquela casa.

Até que um dia, ao amanhecer, a princesa percebeu que já não cabia dentro da casa. Estranhamente, seu corpo havia crescido demais. Já não havia espaço para caminhar. Na banheira também não podia se lavar, e a xícara de chá ficara tão pequenina que não era capaz de saciar a sua sede. A princesa, de tão desconfortável, procurou de todo jeito abrir a porta e ganhar espaço para o seu pobre corpo. Mas a tarefa se mostrou impossível e ela se pôs a chorar.

"De que adianta ter tudo isso?", perguntava a si mesma. Mas logo lembrou de bater com os pés três vezes no chão para pedir ajuda à velha. Imediatamente ouviu passos na floresta. A velha perguntou:

— Estás apertada? Não estás feliz com tudo que tem aí dentro?

— Tudo é muito para mim — respondeu a princesa. — O que eu queria agora era sair deste cubículo.

A velha riu muito e disse:

— Posso te ajudar a sair daí, mas para isso quero que você me dê a sua espada.

A princesa não achou aquilo muito justo, mas, não vendo saída para a situação, entregou a espada à velha. Ao menos não pediu os sapatos de minha mãe, pensou. Isso seria terrível, pois sem eles não posso caminhar.

Imediatamente a casa se desfez e a princesa se viu livre. Vestiu sua armadura, calçou os sapatos e pegou a estrada. Andou, andou, andou, sempre atenta ao tempo, que sabia estar seguindo sua pista. Depois de muito caminhar, encontrou um campo aberto e, já exausta, resolveu parar para descansar. Era uma noite muito silenciosa e a princesa pôde ver muitas estrelas. Como era vasto e belo o céu sobre sua cabeça. Maravilhada, adormeceu ao relento, mas foi acordada no meio da noite por um vento avassalador, um frio que lhe chegava até os ossos, uma chuva cortante e um barulho de mar assustador.

A princesa se levantou
e caminhou às cegas, quando
se percebeu à beira de um penhasco
muito alto. De lá de cima, ela se sentiu muito
pequenina e só.

— Que lugar é esse onde nada tenho para me proteger?

Então a princesa chorou, pensando como seria bom estar novamente naquela casinha apertada, onde tudo lhe estava à mão. Lembrou-se da velha e bateu com os pés três vezes no chão.

No mesmo instante surgiu a velha, dizendo:

— Vejo que estás assustada, menina... O nada é muito para você? Não seria melhor voltar para onde você tem tudo?

E a princesa, com muito frio, lhe disse que sim. A velha, então, falou:

— Posso te dar um abrigo, mas apenas se você me der a sua armadura. E é bom que faça logo, pois o tempo por aqui ronda, já senti seu cheiro.

A princesa, com muito medo, não viu outra saída. Tirou sua armadura e deu à velha. Ao menos não pediu os sapatos de minha mãe, pensou. Isso seria terrível, pois sem eles não posso caminhar.

Imediatamente, uma pequena casa surgiu na praia, ao pé do penhasco. Para lá a princesa se dirigiu. A casa, como esperado, era muito bem abastecida. Lá, a princesa se alimentou, se esquentou e adormeceu. Mas, como vocês já podem imaginar, nos dias que se seguiram, a casa, que tinha tudo, passou a diminuir. A princesa tentou se encolher, mas a casa ainda a comprimia. Com muito esforço, conseguiu enfiar as pernas pela janela e dali saiu andando, envolta num caixote que a apertava dolorosamente o resto do corpo. A situação estava muito ruim para a princesa e, quando quase lhe faltava ar, ela não encontrou outra opção senão bater com os pés três vezes no chão. A velha apareceu novamente:

— Não estás feliz com tudo o que lhe foi dado?

E a princesa respondeu:

— Tudo é demais para mim. O que eu queria agora era ver meu corpo livre, ouvir os pássaros, sentir as flores e ver a imensidão do céu noturno.

— Bom, posso dar um jeito nisso — disse a velha. — Mas para isso você tem que me dar os sapatos que você calça.

A princesa ficou indignada. Já não lhe havia tirado tudo? Tinha que lhe tomar até os sapatos, lembrança de sua mãe? Mas não viu alternativa e, com muita tristeza, tirou os sapatos de sua mãe e os entregou à velha. Imediatamente, a casa apertada desapareceu e a princesa se viu de frente para o mar imenso e aterrorizante. Ondas enormes batiam ferozes contra as pedras.

Com muito medo, a princesa, despojada de sua capa, de sua espada, de sua armadura e dos sapatos, ali chorou a sua desgraça:

— Por que é que ou tenho tudo, ou não tenho nada?

As lágrimas escorreram pelo rosto, caíram aos seus pés descalços e se juntaram ao mar. Nesse instante a princesa ouviu um coro de vozes maravilhosas, acompanhadas de sons que deviam vir de instrumentos mágicos. Hipnotizada por essa beleza, a princesa se lembrou de tudo o que amava: a dança, as flores, as cavalgadas, a cantoria. E com os pés nus, sem proteção alguma, começou a rodopiar à beira do mar.

Atraídos por essa alegria, muitos peixes e outros seres marinhos se aproximaram e ali reconheceram a princesa que havia fugido do tempo sem seus sapatos. Compadecidos de sua dor, lhe fizeram uma proposta. Que a moça ali mergulhasse com confiança, pois assim poderia encontrar seus verdadeiros sapatos e seguir sua jornada.

A princesa, relembrando sua coragem, mergulhou no mar imenso acompanhada dos seres encantados. Nas profundezas, vislumbrou um brilho muito intenso e para lá se dirigiu. Ali se encontravam seus sapatos, que lhe serviram perfeitamente. Calçada, a princesa voltou à superfície e viu muito ao longe uma montanha e, no alto dessa montanha, uma pequena luz. Para lá se dirigiu, caminhando sem medo algum.

Ao chegar ao alto da montanha, a princesa percebeu que a luz era uma bela casa, nem grande, nem pequena, nem tão fria, nem tão quente, nem tudo, nem nada. E ali fez sua morada.

Um dia, o tempo bateu à sua porta. A princesa não ofereceu nenhuma resistência. Pelo contrário, ela aguardava a sua chegada. O tempo se mostrou muito belo, vestido e adornado com todo o passado, o presente e o futuro. A princesa e o tempo então se apaixonaram, se desposaram e fundaram o Reino do Tudo e Nada, onde viveram felizes por muitos e muitos anos.

SOBRE A AUTORA

SIMONE RANIERI é engenheira agrônoma e sempre teve a arte como um complemento necessário para a sua vida, seja estudando ou praticando. Em 2010, fez especialização de Artes Visuais, Intermeios e Educação no Instituto de Artes da Unicamp, e em 2024 concluiu a formação em Arteterapia pelo Baalaka Arte e Consciência, no Rio de Janeiro. Realizou projetos em artes visuais combinando diferentes técnicas, como pintura, fotografia, colagem e costura. Recentemente passou a experimentar a escrita, experiência que resultou na produção de diversos contos, entre eles "A princesa do tudo e nada", um conto de fada elaborado dentro de uma proposta arteterapêutica. Participou da concepção e é uma das fundadoras do Espaço Paralelo, dedicado à arte, cultura e a manualidades, localizado em Piracicaba (SP).

Acompanhe a autora
nas redes sociais!